詩集

野笑《Noemi》

小池昌代

澪標

詩集　野笑　Noemi　目次

装幀　上野かおる

野笑

Noemi

宿り木

宿り木を見たのは
ある詩人の庭だった
木の中に木が宿る
そんなことがあるのです
涼しい顔で　その人は言った
見上げると
木のてっぺんあたりに
こんもりと丸く
別の木の生が
始まっていた
存在の畸形を優しく抱き

宿られた木は重たくはないか
宿る木は　どんな気持ちか
鳥がやってきて糞を落とし
糞のなかの種が芽吹いたのです
人の手の及ばない
木と木の関係
絡み合った　枝と枝が
見境のつかない夢をかきだす
宿った木も
宿られた木も
どちらが主
どちらが従ということもなく
互いに互いを住まわせている
夢にわたしが宿っているのか
わたしに夢が宿っているのか
駆けてくる子供が目の前で転び

樹下に影が
うようよと漂い始める
物にも人にも
まだ名前がない

丘

帰りたい
と言い
言ったとたん
どこへ帰りたいのか
わからない
傷ついた子
父も母もここにいるのに
帰りたい場所は別にあって
父でも母でもない
姉か

おばさんのようなひとが
待っていてくれる
おかえりと言い
黙って話を聞いてくれる
橋も架かっていないような
そこへ
渡る舟ひとつなく
地図もなく
そもそも
いまだかつて帰ったことがなく
帰れるのかはわからない
それは行くのではなく
帰るのである
わたしも帰りたい
帰ってみたい
けれど一緒には帰れないとわかっている

身一つだけが収まる穴
そんな穴が
空に向かって
空いている
肉色の丘
帰り着いたとたん
安堵とうれしさとで
泣きだしてしまうだろう
ゆるしてくれ
永い旅だったから

円環

「神の前で、神と共に、われわれは神なしに生きる」——ボンヘッファー

ともにいるが
あらわれず
わたしのほうも
それなしで生きる
そんな姿勢が身についたとき
久しぶりにあんたがやってきた
お別れにきたのだな
とわたしは思った
今頃、どしたの？
口をついて出た言葉は

自分でも
皮肉めいて聞こえ
怒涛のさびしさが胸底から沸騰する

戸口に立つ
この身が透きとおり
わたしのこと、見えてる？

お別れだね
こちらから　言い出すこともできた
だけど切り出したのは
まさかのあんた
客人のように居間に座って
お茶は出さないよ
だってここは　あんたの家
おかえりという声も

われながらしらじらしいが

中庭で
子供が歌っている
どこの国の言葉だろう

ろーんどばし　わたれー
さあ　わたれー
ろーんどばし　わたれー
さあ　わたれー

じっと聴いていると
近づいてくる
うたの意味が
母国語が
むかれ　むきだしになり　向こうから

そうしてじわじわと
意味が伝わる
というそのことが
なおも　驚きであり
新鮮な哀しみ

だけど
わたしの知る歌とは微妙に違う
マイフェアレディーは登場せず
幸せな円環は
永遠の二行を繰り返すばかり

それは閉じながら
開いてもいた
外側に

歌の砂がふきこぼれ
わたしはもう
そのなかに入ることができない

ともにいても姿をあらわさず
それなしで生きた
わたしのほうも
だからこの先も
一見したところでは何も変わらないね
じゃあな。
じゃあね。

あんたは
子供が歌う輪のなかへ
すうっと消えて見えなくなった

舗道

ブエノスアイレスには
一日でも坐っていたいようなカフェがあって
カフェの並ぶ舗道には
背の高い街路樹が
美しい緑の天井を作っていた
なんという樹か
名前を聞かなかった
花をつける街路樹が至るところにあって
花の終わったあとの
硬い実を持ち帰った

垣間見える青空
まぶしく見上げれば
緑の時代は唐突に終る
枝がいきなり折れて
道行く人を
斧のように直撃することもあると
ノエミは言った

現地採用されたという日系人
やさしい人は
わたしと歩きながら
いつも鼻歌を歌うのだった

地面ほども　低くたれこめ
　ともに流れていく

ノエミの鼻歌

何も　言葉を交わすことがなくても
　どんなときも
暗雲は払われて
　　　埃臭い路地を並んで歩く

ほの暗い店で　食事をとった
一皿料理のたくさん並ぶ店
鼻歌も　つかの間　途切れ
　なぜ　わたしを　捨てたの

壁から湧く声は
　ノエミのものか
　　別の女か
わたしの声か

どれほど長く生きても

亡霊のように蘇ってくる声がある
耳をふさいでもだめ
自分のなかから湧いて来るのだから

だから
　　　　　うなだれないで
空を見て歩こう

ノエミはだんだんと
　低いろうそくのような声になり
　　土を食べる細い目の少女になって

　　　うれしいことがあったら
辛いことがあったら
　どちらにしてもマテ茶を飲みにおいで
　　一番大事なことは言葉では言えない

この地で日系人はとても信頼されています
　なぜか洗濯屋が多いんです
裏庭に翻る真っ白なシーツは
　　　子供百人が眠るよりも巨大

湧いてくる影を邪険にしてはだめ
　大事に育てましょう
　　なだめながら　おだてながら

ノエミがいなくなっても
わたしがいなくなっても
ブエノスアイレスの舗道
いつものように
樹の実が割れて

青空がのぞき
　流れる鼻歌は
ノエミのものか
　別の女のものか
　　ひくく　遠くまで

曲がりくねる水の土地

あなたにはこの馬
きみにはこの馬だね
ガイドのキオニーが
一人一人
経験と顔つきを見ながら配馬する
初めてのわたしにあてがわれたのは
とても大人しい　小さな馬
灰色の
名前はアラ
ハワイ語で道

速い川の流れを横ぎるとき
思いのほか、激しい勢いに抗し
人と馬
初めて運命を分かち合う
生い茂る熱帯樹林
アラは川の水を美味しそうに飲んだ
その首筋の　急傾斜を
水のようにすべり落ちるわが視線
馬上には
よそよそしい爽やかな非人情の風が吹き
馬から見る地上はにわかに抽象的
地面に落ちたマンゴーの実さえ
今にも　歌い出しそうに見える
遠くの岩肌になすりつけられた白い筋
あれは　滝だよ
止まって見えるが

実は激しく落下している
深い峡谷に隔てられ
水音もここまで届かない
わたしとアラは
滝の音を凝視する
わたしとアラは
谷の孤独を
切りつけるようにおのが胸に彫りこむ
曲がりくねる水の土地
かけようにもかからない橋があり
わたしたちはついに
馬と人

濁音

初めて聴いたのは十五の歳だ
モーツァルト・ピアノ協奏曲第二十六番「戴冠式」

軽快なこの曲には
聴くたび違和感を覚える箇所がある
一楽章
独奏ピアノのトリルのなかの
不協和音
飛ぶ鳥が空で骨折したかのような

最初はピアニストのミスタッチ と思った
けれど誰もとがめず
どんな人も
そこにくれば
同じに弾く

譜面どおり
わかってる
なのに
聴くたび
つんのめる
はっとして
身構えてしまう
まるでその音が
間違いであるかのように
まるで

わたしが
間違いをおかしたかのように

音楽は止まらない
中断することなく
お終いまで行って
そこでいきなり
歩みを止める
一度始まったものが必ずそうなるというように

終わらないものだけが
音の少し先までゆき
やがてすべてが終わったとき

静寂のなか
遅れて水面に浮かび上がってくる

濁音の
軽い抜け殻

舞う

やがて舞台には
一人の女性
すふっ
と出てきて
おそろしく緩慢な
死の舞いを舞う
檀國《タングク》大学　二〇一〇年
紅葉する山々
真っ白な　チマチョゴリが
かすかに動くたび

風も揺れ
子をなくした水鳥のようだわね
子を探すうちに
何を探しているのか
わからなくなった母のようだわね
揺れ動く装束とはうらはらに
小さな顔の位置は
上下にぶれず
狂いなく押された印鑑のあとのよう
恨《ハン》
ぎうぎうと　押し込められた感情が
腹の底で発酵し
恨
ハン、とつぶやいたなら
ああ　あれこそが
わたしに詩を書かせてきた固まりなのではないか

「触ったら、わーっと泣き出してしまいそうですね」
隣の席で韓さんがつぶやく
誰が
何が
泣き出すのかをわたしは聞かない
触れないでおくれ
声かけないでおくれ
こらえて百年
かたまりとなった石が
いま　内側から
ほどかれて
舞う

黒い廃タイヤの歌

浅岡自動車修理工場前の路上
廃タイヤが
十も二十も積まれている
十も二十も三十も
それは黒くて
とても硬い
パンパンに張りながら
用をなさない
静かで
迫力があり

尊敬にあたいする
あーはいはー
何を言っても
黒い廃タイヤには
人間の言葉が入っていかぬ
無言に押し返すその弾力
うーはいはー
そういうものにこそ
歌わせたい
山に続くもの
おーはいふー
わたしはここにいる
路上にころがって
おーはいふー
本部から遠く
町ごと押し流され

あのときからだ
じゅくじゅくと発酵し
うーわいあー
とても軽くなり　自由になった
使役をまぬがれ　どこにでもいける
このからだで
あーはいはー
くりぬかれた中心から
湧き上がる歌
あーほいあー

門

うっし　うっし　ぱらいそ
きゅって　へんな　おらりお
門をくぐるとき　落ちてくる
ことばのくず　ことばの砂
人間はみな　狂人である

黒土のなかから生まれた　おれ
土の匂いに　まみれ　汚れて
くると　ふんど　しまねこ
みえな　どんど　かきあげ

サンパウロ　日本人街の
首の長い　美貌の坂道よ
何百何千の黄色い太陽が
凄まじい音たてて　転がり落ちる
乱立する高層廃虚ビルの壁面に
ラクガキを描いたのは
いったい　誰だ

どっし　どっし　はらいた
くって　げって　すずしろ
ある日　となえれば
いきなり　老いる
一瞬にして　くしゃくしゃになり
ちいさくなって
消滅する　ぱっ
ぎょっと　ぎゃってぃ　はなくそ

アクア

これからあなたにとっては酷いことを言いますよ
須藤さんはそう言ってしばらく黙る
どんなに傷つくかとわたしは見構えながら
半ばはそれを　待ち望む気持ちで
じっとしている
昨日、夢に虎が出てきてね
あ、それならわたしも
母が檻の鍵をはずしたせいで
わがもの顔に動き回る虎の夢を
母は虎の飼い主か

母が虎なのか
母はもういないが虎に食われたのか――
須藤さんはいらいらしながら
詩人の夢なんか　どうでもいいことですよ
さんざん積もった恨み　あるじゃないですか
書くんですよ　詩じゃなくて小説を　といきなり言う
ああ酷いこととは
小説を書くというそのことだったのか
左に光る宍道湖を見ながら
わたしは「特急やくも」に乗った
直角にそびえる背もたれの角度
客席は　まばらだったが
わたしの車両は
小説を書くと決めたとたんに
四方より圧迫され
息苦しい

観光都市バルセロナのホテル・アロマ
その地下には
いつ行っても誰もいない無機的なプールがある
生きている人は誰もおらず
死人たちが　死んでも晴れない鬱屈を抱いて
浅い二十メートルの透明な水のなかを往復している
アクア
生きているあいだは
泳ぎきったことを
指先に触れるプールのざらりとした壁が教えてくれた
いまはもう　無限の往還
指先がないので　どこかにたどりつくということがない
意志にゆらめく水に取り囲まれ
アクア
プールに浸かると
水の面に

わらわらと
わたしの汚れが浮き上がってきた

死んだあとも伸びる

春になるたび剥がれ落ちた
しゅわしゅわと皺寄り縮小し
色素沈着を起こし
ついには　黒いひからびたものになった
畑では
夜毎　キャベツの葉が
己を巻き込み育っている
罪を芯にして
「茹でるとあそこがいちばん美味しいの」
近親交配で白兎が黒くなり

ゲージのなかで次々繁殖する
親はオセロで子供に負け続け
白は次々黒に反転
見られることの長い生涯を終え
人はどうやって耐えたのかと問うが
泥をかぶり続けた顔は
素顔などとうにわからなくなっていた
水の面を覗き込むと
背後には　小さな心理を震わせている
どす黒い人が覆いかぶさっている
はねのけて　はねのけて
ようやく一人になると
幾度も捨てようと思った詩が
黒い汚水となって足元へ流れてきた
人を憎んでいる暇などはなかった
たとえかぼそくとも

光はここまでやってくるのだから
死んだからだから蔓が生え出し
まだ伸びていく
絡まるもののない虚空のなかへ
まだ伸びていく

草、アナキズム

芝がやけに伸びてるな、刈ってやろうか
久しぶりに　晴れ上がった日
垣根の外から
見知らぬ人が庭を見て言った
黒い眼鏡をかけた人だった
返事をする前に
これ、さしこんでくれる?
ええ、はい、もちろん
たちまち、電動芝刈り機が
ぶわーんとはげしい音をたてる

蒸し暑い日だった
木曜日だった
黒い眼鏡の人は顔をしかめて
四角い庭の
ぼうぼうと伸びた芝を
どんどんなめらかな緑地に均らしていく
一通り終わると
近くにきて
さっきも、そこで——
と言った
さっきも、そこで——
人一人ころしてきた
え？
さっきも、そこで、芝、刈ってきた
伸びてる芝を見ると
がまんできなくなるらしい

草の匂いが
いきなり　あたりに　もわっとたちこめる
生きてる、と思う
冷えた麦茶をコップにそそぐ
受け取った腕は　まっかにやけている
黒い眼鏡の人は　かぱっと麦茶を飲んだ
口でなく喉で。
そんな飲み方がある
言葉がとぎれ
目があった

でこ

作文帳に書いたことがある
わたしのともだちはおでこです
名前があるのですからと
先生は言った
おでこでなく
そのひとの名前を書きましょう
おでこはひでこという名前
誰も　そうは呼ばない
ある日
でこが消えた

逆蛍と悪口を言っていた男子たちは
標的を失い　押し黙った
でこは兎小屋の匂いがした
複雑な網目の草色のセーターを着ていた
貧しかった
歌うとき
わたしはでこと
手をつないだ
生きていれば
いつかきっと会えますよ
などという先生は
心底いい加減な女性だ

ひよこ

日耀子は美しい　十一歳
ゆれる黒髪　でも　目がくらい
綺麗な名前ね
それがなにか？
無言の眼差しがわたしをにらむ
わたしは今日だけの臨時教師
近づくと
日耀子は小魚みたいに　さっと遠のく
（きたっ、うざいのが）
小声の舌打ちが耳に届いて。

すっかり嫌われる
なにが日耀子さ
ひらがなで書けば　単なるひよこ
むかし　ひよこを育てていたら
そのなかの一羽の首がだんだん青くなってきて
ついには鴨になったという話を聞いたことがある
育てていたのはあるご夫妻。
ある日　決心して
その鴨を池に放しにいった
（東京では飼えない）
（食べるわけにもいかないし）
後日、様子を見に行くと
そのときの鴨が　群れのなかから彼らを見つけ
だーっと　まっすぐに走ってきたという
一直線
わたしには見える

その一直線が
「泣きましたよ」
思わず見つめる日耀子の首
青くはない
日焼けして黒い

赤い紐

歯のなかを触りますよ　と先生が言う
わたし　何も感じない
笑いだしてしまった
お湯が湧いています
誰か　ガスをとめて
触っていますよ　と先生が言う
とてもとても深いところ　もし
オイタミを感じたら
すぐに左手をあげてください
わたし　何も感じない

わたし　どこにいるの
金属音はかちゃかちゃと絶え間なく
いじられている　いじられている
とても深い　わたしのなかをわたしは
井戸の底に落ちたスマホが　月夜の晩に光る
あれはわたしからの着信音だ
歯のなかに住んでいたのは昔のこと
ある日　お気に入りの　赤い帽子をかぶり
そこから引っ越ししたいきさつを　わたしは覚えていない
持ち物は少ないから　移動は簡単だった
自分のことなのに　恥ずかしいが
わたしの外で　初めて暮らす
わたしはじつに愉快だった
幼いとき　わたしを育ててくれたのは
名も知らぬ翁と媼
優しい人たちで

わたしのことを
おお賜物よと　かわいがってくれた
彼らは死に
一人になったわたしは
いまはむかし
竹林の竹の節にいる
ときどき　ぼおっと光るらしい
だからといって　かぐや姫ではないよ
迎えの使者は　まだ降りてこない
空の一箇所から　赤い紐が垂れている

粘膜

わたしたちはいつも素肌だった
化粧も髪染めもハイヒールも
比喩も放棄した
わたしたちは素手で前線に立った
車も船も家もない
ひとえに粘膜を強くする必要があった
こすられても
たたかれても
傷ついても
ボロボロと剥がれ落ち

再生する粘膜のバリア
安易に内へは立ち入らせない
しかしPM2・5も黄砂も
放射性物質も
暴力的な言説も
見知らぬ肉体も
粘膜を通過して
やすやすと入ってきてしまう
入られたことに最初は気づかない
この傷はなんだろう
いつどこで負ったのだろう
だからもう内側を放棄する
外側そのものになる
むきだしになっている
顔に心を映し
全敗している

言葉も荷物も傍らにおろし
子供も産めない
野菜の種をまく
ひまわりの種を　生命保険会社からもらう
（保険金でなく）
植えてみようかしらと思い
実行する熱意を持たない
朝が来ていれば一日は生きてみる
デジタル体重計に乗っても
数字が現れない
汁物を好み
歩くときは誰かと手をつなぐ

顔と顔

五日前から顔中に疱疹があらわれた
飯島耕一の二〇〇四年の詩集『アメリカ』
を　久しぶりに開く
冒頭にあるのは　ヘルペス病中吟
幾度も読んだのに　忘れていた
この詩集の鬱屈は
ヘルペスにかかった人でないとわからないかもしれない
水疱瘡をやったのは高校生のときだ
からだじゅうに赤い水泡が吹き出し
とりわけ顔は　酷かった

父の運転する車で救急病院へ向かった
信号で停まっているとき
街路をゆく人が
車中の異様な生き物に気づき
驚愕した　あの顔
あの顔が忘れられない
わたしの顔に驚く他者
その顔に映るわたしの顔
かつて東京駅で
わたしは一人の男を見た
顔中に現れたむごい発疹
治療用の
白いネットを被っていた
驚愕した
網の目の
隙間から覗いていた真っ赤な目

あの人が懐かしい
時をうつし
無言で照らしあう
顔と顔
「詩は　何の役にも立たない」（『アメリカ』より）
水泡を　十も二十も三十もつけた人が
すました「あの顔」のうえに
墨色のつばを吐く

出国

遠い国へ行こう　と誘う声があった
いつも通る路上では
ビルの解体工事が始まったばかり
ニッカポッカの　年老いた労働者が携帯を手に
昼食の弁当について尋ねている
焼き肉とのり弁でいいのか？
大盛りでなくていいんだな？
そのやさしい響きが　心を揺らす
きみの心臓にこびりついた緑の苔
夏よりも　だいぶ　髪が伸びたな

湖と城と森のある国　そこではわずかな光を求め
言葉少なに人が暮らしている
もちろんその国には　特製シラス弁当はない
言葉が通じない
知る顔はひとつもなく
なじみがあるのは　スーツケースのなかの古い下着ばかり
現地の服はどれもぶかぶか
だがそこで
きみはきみを脱ぎ　生まれ直す
たったいっぱいの水がほしいときも
きみは額に汗をかき　自分を粉々に砕かなければならない
その細い刃のうえを　歩くんだ
心細い　おそろしい　生きることはこわい
不意に殴られ　暗い森の奥へ連れていかれる
裸にされ　一匹の犬となって　地べたをなめ
海へと流される四角い箱の中で思うだろう

わたし　生まれ　二度結婚し　子供を産んだ
詩を少し書いた　人を憎んだ　大嫌いな人々と好きな人々と出会った
いや順番が違う
出会ってから　好きになり憎み好きになった憎んだんだ
たったこれだけの　肉のかたまり
糸杉が
空に穴をあけるほどのさみしさを胸に
行こうと声がする
石を数えよう

庭のつきあたり

英国・ヒドコート・マナーの庭をつくった
ローレンス・ジョンストン
米国人
生涯独身で
老いた母親と二人で暮らした
ひどく内気で寡黙な男だったという

彼が最後につくった庭の
つきあたりにあった鉄の門
今では錆びついて

白い花だけの美しい庭が
そこで唐突に断絶する

その先は
崖

庭師の頭上
真っ青な空がひと続きに広がり
門のこちら側と
向こう側をつないでいる

人はみな　ここで言葉をなくす
なくすために
つきあたりまでいく
つきあたるもののなにもない庭のつきあたりまで

押上・スカイツリー

塔は町のなかに立っています
目をあげたとき
あ、あそこ
立ってるなと思う
塔のことを考えていなくても
そこに立っているし
こちらの事情と
塔が立っている　ということは
まるで関係がないのですよ
平行線

面白いですね
なのに見るとき
目があった、と思う
いきなりつながるという　そのつながりかたが
わたしと塔
の関係です
町のなかで
そのように立つものは他になかった
塔を見るとき
塔がわたしを
ずっと前から静かに見おろしていたと感じますことは
身にしみて　顔がほてり
どこにも嫌だと思うようなものがない
塔の肉体が　すぐ近く　触れるようにありありと感じられる
実際　塔のあたりまで行くには
相当じかんがかかるでしょう

電車とバスを使って
行ってみようかと思うのですが
でも果たして
ほんとうに行き着くことはできるのだろうか
にぎやかな塔のまわりは
わたしから遠く隔てられている
目をあげたとき——そこがどこであろうと
塔があり、塔があると思う、そういうやりかたで塔の全体を見ることと
塔の間近へ行き塔を見上げることとは
同じ塔を見るのでも少し違いますね
ましてや塔の内部に入ってしまったら
塔は消えてしまう
塔は町のなかに立っているんです
ゆるぎなくわたしを見下ろしている
そう感じるとき
わたしはなにかとほうもなくうれしくなるのですから

行かない

手紙

こんもりと分厚く盛り上がった手紙
なだらかな
春の古墳のような手紙が
きのう
届いた
ぎっしりと書かれた毛筆の文字が
和紙を通して透けてみえるが
すべては裏側からしか読めず
眺めるしかなかった
放射されるあたたかい文字熱

長く待っていたような気がする
急所に届く
深みからの手紙を。
脅迫状あるいは中傷文あるいは借用願いあるいは訴状
しかしこれは　これだけは違う
続きながら　ゆるやかに広がる　字と字のあいだ
丸みを帯びた「あ」「す」「み」「て」「ふ」
夢とは常に不可能を生きるもの
もどかしさを。
わたしは裏側から
返事を書く
見知らぬ人は　知っているか
わたしがここにいて
文字の連なりを読んでいること
時折　紙を貫く光があり
そのとき　破れ

侵入する意味がある
けれど　全体は
常に不可解
まぶたの裏
毛羽立つ野原
燃えている一通の手紙

あとがき

歌にこがれる心があった。

歌は、歌うという行為のなかに、瞬時、とけて消えてしまう。言葉を書き付け、紙の上に残そうとする者に、それはついに捕まえられない。

かつて小野十三郎は書いた。「歌と逆に。歌に。」しかしこの言葉は、いったい何をどうしろというのか。もどかしく、自らを引き裂き、自ら引き裂かれる以外に、歌う方法など見つからない。

わたしの胸にはいつからか、歌の行った道が航路のように跡をつけていた。歌われて消えてしまったはずの歌も、思い出すときどこからか湧いてくる。中原中也が「子守唄よ」で書いた、海を渡っていく母親のあの声、わたしがブエノスアイレスで聴いたノエミの鼻歌、かつて町ですれ違った誰かが歌っていた歌の切れ端。無数に点在する地上の歌を、わたしは引き継いで歌いたかったのかもしれない。

詩と絵を組み合わせた二つの連載がこの詩集の柱にある。一つは大阪に生まれた詩の雑誌「びーぐる」、もう一つは東京・銀座のタウン誌「銀座百点」。両誌からわずかな詩と絵を選び、既出の詩数篇と書き下ろしを加えて一冊を編んだ。

どの一篇にも生まれた土地がある。大阪、銀座、代々木、逗子、出雲、バルセロナ、韓国、ブエノスアイレス、ハワイ、押上。土地の力、土地に生きる人の力なしに、作れなかった詩集である。この一冊を引き受けてくださったのも、縁深い(とわたしが勝手に感じている)大阪の、澪標の、松村信人さんだ。ありがとうございました。

二〇一七年九月

小池 昌代

初出一覧

〈詩の初出〉

宿り木　「樹林」二〇一四年春号「さかのぼる馬の首」改題
丘　書き下ろし
円環　「森羅」二〇一七年五号
舗道　「びーぐる」二〇一四年二四号「シ・カラ・エ・カラ・シ」
曲がりくねる水の土地　「銀座百点」二〇一一年一〇月号「on one plate」
濁音　書き下ろし
舞う　「びーぐる」二〇一一年一〇号「シ・カラ・エ・カラ・シ」／「黒い母」改題
黒い廃タイヤの歌　「びーぐる」二〇一二年一四号「シ・カラ・エ・カラ・シ」／「素描」改題
門　「びーぐる」二〇〇九年三号「シ・カラ・エ・カラ・シ」
アクア　「びーぐる」二〇一二年一七号「シ・カラ・エ・カラ・シ」
死んだあとも伸びる　「びーぐる」二〇一二年一五号「シ・カラ・エ・カラ・シ」

草、アナキズム　「さよんIII」二〇〇六年一号「芝刈り」改題
でこ　「銀座百点」二〇一二年一二月号「on one plate」／「でこのこと」改題
ひよこ　「びーぐる」二〇一〇年九号「シ・カラ・エ・カラ・シ」
赤い紐　「別冊　詩の発見」二〇一五年一四号「賜物」改題
粘膜　書き下ろし
顔と顔　「びーぐる」二〇一二年一六号「シ・カラ・エ・カラ・シ」
出国　「びーぐる」二〇一四年二二号「シ・カラ・エ・カラ・シ」
庭のつきあたり　「乱詩の会」にて発表。二〇〇一年
押上・スカイツリー　書き下ろし
手紙　書き下ろし

〈絵の初出〉

「びーぐる」「銀座百点」に描いたものの他、新しいカットを加えました。頁をまたぐ大きな絵は、月刊誌「清流」の連載コラム「牛の歩み　虎の夢」二〇一五年八月号に描いたものです。多くの詩において、連載時の組み合わせを解体し、時に絵をはずして、本書のために再構成したことをお断りします。

小池昌代（こいけ・まさよ）

1959年東京生まれ。働きながら第一詩集『水の町から歩きだして』を刊行。以来、詩と散文を書き続ける。詩集『コルカタ』（萩原朔太郎賞）、『ババ、バサラ、サラバ』（小野十三郎賞）、小説『たまもの』（泉鏡花賞）などの他、『詩についての小さなスケッチ』、『産屋』、詩のアンソロジー『通勤電車でよむ詩集』等を編纂、講座や本を通して詩歌の魅力を伝える。近年は、『百人一首』の現代詩訳を試み（『ときめき　百人一首』他）、和歌との格闘も続く。

野笑

二〇一七年十一月九日発行

著　者　小池昌代
発行者　松村信人
発行所　澪標《みおつくし》
大阪市中央区内平野町二‐三‐十一‐二〇三
TEL　〇六‐六九四四‐〇八六九
FAX　〇六‐六九四四‐〇六〇〇
振替　〇〇九七〇‐三‐七二五〇六
印刷製本　亜細亜印刷株式会社
DTP　山響堂 pro.